RICK MASTER
TÖDLICHES PUZZLE

Band 74

Text: Duchateau　　　　　Zeichnung: Tibet

KULT EDITIONEN

1. Auflage 2008
Alle deutschen Rechte bei
MSW - Medienservice Wuppertal
Nachdruck – auch auszugsweise – nur mit schriftlicher Genehmigung des Verlages.

© 2008 Tibet - A.P. Duchateau - Editions du Lombard (Dargaud-Lombard s.a.) 2008

Titel der Originalausgabe: Ric Hochet - 74. Puzzle mortel
Aus dem Französischen von Uwe Löhmann

Printed in Slovenia by SAF - Tiskarna Koper

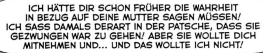

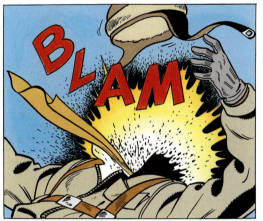

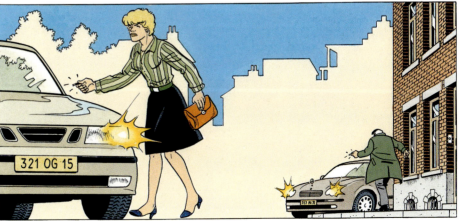

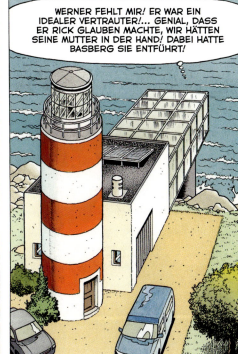

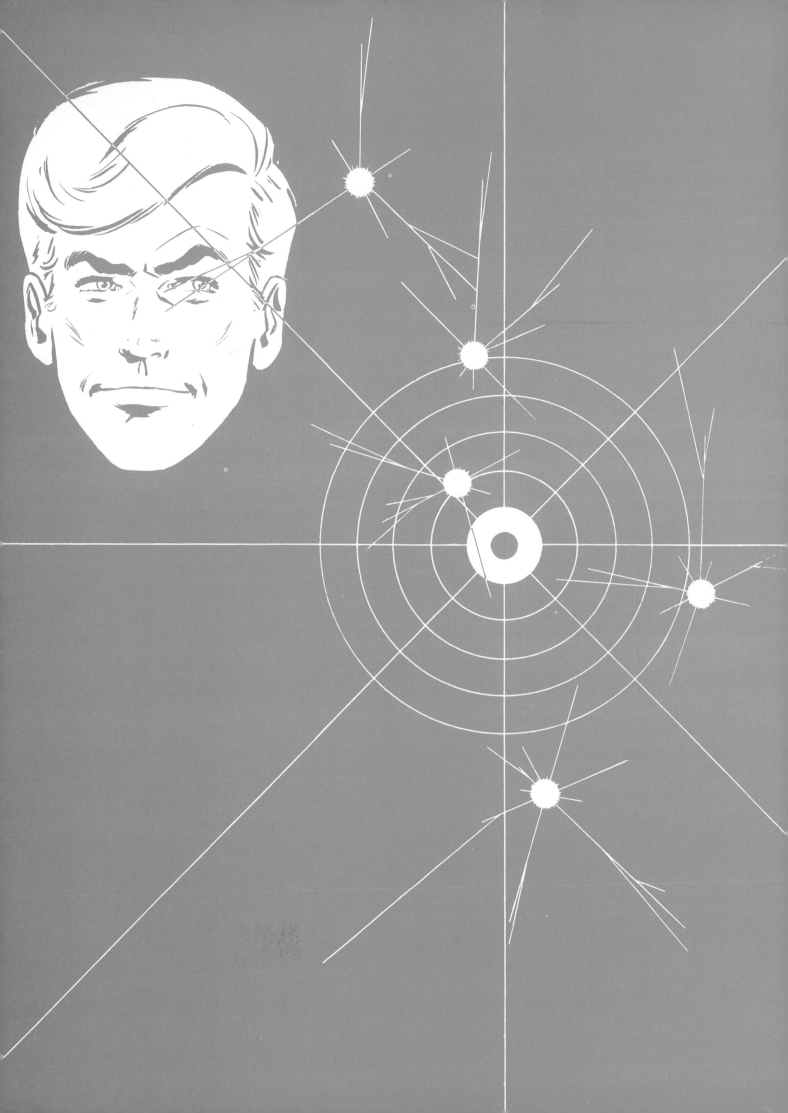